【出本詩集】

簡潔 著

自序

白日依山盡……
太陽落西山？

開個玩笑而已，事實上，時間不等人，要是簡潔再耽擱著，這本詩集還不知何年何月面世了。

在構想書名時，我也沒多猶豫兩秒，靈機一觸，就決定書名是《出本詩集》。

畢竟今次確實是簡潔自掏腰包出版，拿出來的是金錢，是作品，更加是作為詩人的資本。

這不是妥妥的「出本」嗎？

出本詩集出本詩集
出本詩集出本詩集
出本詩集出本詩集
出本詩集出本詩集
出本詩集出本詩集
出本詩集出本詩集

目錄

第貳章【七言詩十九首】

第叁章【新詩十首】

關於古體詩

我擅長寫的，最喜愛寫的五言詩、七言詩，每首都像帶人穿越到古代，意境相融，質樸易明。精短的詩文，既能展現引人入勝的古風情懷，又能類似到現代人的生活點滴，鮮有不達之情，只得未盡之興……

記得寫詩的心路歷程中，最常遇到的，就是平仄一知半解，還欲以咄咄逼人之輩。須知道古語，跟現代普通話及廣東話，聲調都不盡相同，何必要扭盡六王強調鏗鏘，讓這永遠不完的爭拗，消磨詩意萬種？

故此，簡潔今次斗膽，試著對平仄對仗這問題隨心一點，畢竟這裡我的詩，就是我的詩。

第壹章【五言詩十首】

《魚非子》

聞說子非我，
悠悠水裡挪。
樑上非我子，
背天俯向河。

這算是莊子的知魚之樂的翻外篇吧？

「子非魚，安知魚之樂？」

「子非我，安知我不知魚之樂？」

在下又冒出個狂想，如果魚也加入這次討論，將是如何？

大概魚會這樣說的：

「聽說你們在討論我，說這人又不是我，只見我在水中游，就感覺悠哉悠哉的。我也看見你們，在橋上站著，感覺當是自豪的頂天立地。原來非也，你們正在俯身對著我，忙著無聊的辯論。看來你們是對的，我就是比你們從容，羨慕我也是正常。」

《二婚婦》

屠戶二婚事，
遂婦笑於市。
但食故人施，
徨徨然又恥。

簡潔藉著每首詩，帶讀者們穿越到古代……今次故事的背景，是講述一名二婚婦人。古時社會風氣保守，一般人家要娶的媳婦，縱然不是大家閨秀，也必得是黃花閨女。只有社會地位較低的戶籍，例如：屠夫、獵戶、漁販等，才有機會選上嫁過人的女子，也就是今之故事的女主角。在封建社會之下，二婚婦除了得不到夫家的尊重，還被當作是謀生計的工具，為了幫補家計，她就被趕到市前，倚門賣笑。婦人心裡有一萬個不情願，也是無可奈何，只能餓著肚子，一整天在街上徘徊不歸，心裡又是恐慌又是羞愧……就在這時，竟有一善心人向她遞了一個饅頭。

她餓得慌了，想都不想就接過去啃著！當她定過神來，方才發現，這是個被人咬過的饅頭，而給她饅頭的，正是她的前夫……

此等羞辱，已甚少出現在當今社會。我們女子頂多是戀愛不順，回頭找前度男友開解吧……

但是，簡潔還要說：「不了。」

《醉》

指月舞星光，
借醉任輕狂。
靡靡一曲去，
哭笑亂圓方。

話說李白除了有詩仙的美譽，也被喚作酒仙。
原來呀，微醺的狀態，的確有助詩興。
想起有一段日子，簡潔曾經也是個小酒鬼，每每飲酒作詩，自得其樂，詩作也頗有意境……

《秋娘》

秋娘濯璧清，
滄海淘岸淨。
三歲陳塵了，
玉環透煙青。

有人曾將秋天比喻為一個氣質孤傲清冷的女子，喚之作「秋娘」。每年她都帶著涼風泛水而至，天空和海面都因她的到來，變得像清澈的玉璧。

在這灰灰藍藍的季節……我站在海邊，細看微浪淘沙，幻想著自己埋藏已久的心事，也被這秋娘輕柔地洗擦去……

為了紀念這份嚮往，當天我給自己送一份禮物——一隻煙青色的玉鐲。

《風花雨》

雨過風又再，
桃紅惹塵埃。
污泥添香否？
綠淚染窗台。

所謂苦中作樂，就是如此。

飽歷滄桑的心靈，就像窗台上的那盆海棠花——都怪我出門前沒有關好窗戶，又不留神這是刮風的季節！如今花也殘了，落在花泥處，只殘餘滿室的花香，連葉子都被吹落，伏在窗台上，流出綠色的眼淚……

也罷，傷感夠了，詩也寫完了，還需動手收拾殘局去。

《絨簪》

金絲映曼華，
點翠撮絨花。
問子誰來種，
冬風戲農家。

患有隱性毒舌病的簡潔，從不會煮人心雞湯。可是，看著好友似乎有了喝茶的癮——就是「綠茶」啦！我又不已擔心起來，須知我這友人，乃才貌兼備的中年單身型男是也！

尤其在一連幾個佳節臨近的冬季，天氣冷了人寂寞了。搞不好，就拿瓢綠茶來暖胃怎辦？我抓住這點憤慨和操心，默默地提起詩意來……

金絲絨花，免栽免種，確實是省功夫。然而再美再現成的，這些人工合成的絨花，頂多是花期以外的點綴，又豈能充當是宜室宜家的桃花？

撐住呀兄弟！

《無題詩》

抬硯充巧慧，
執筆卻無題。
墨乾茶已凍，
紙上淚兮兮。

拿筆的手凝結在半空，一盞茶的功夫後……還是什麼都寫不出來。這就是每個作者都遇過的處境。光有紙筆墨硯，可靈感去矣，詩興不來，就只好在桌前打坐冥想。

任由筆鋒上的墨，一滴一滴地落在紙上，腦袋還是空空如也，有的只是無盡的等待，卻又無可奈何。

於是，簡潔突然下筆了，原來連這等苦無靈感的無奈，都能被描寫，寫成詩歌。

我暗自嘆道：這世上還有啥是不能被我寫成詩的？

《白孔雀》

無染不類眾，
白衣與月同。
裊裊曲和寡，
飄渺出樊籠。

想象力是每個詩人應有的條件。

這種「異能」可以是與生俱來的，也不乏自小培養……

不知為何從童齡到現在，我的世界就是個動物園，而身邊的每一個人，都被幻想成不同物種的生物……。

這天我的毛病又發作了，受害者是我的一位同事——白孔雀。

白先生是位俊美的憂鬱少年，擁有白皙的膚色，柔弱的大眼似哭過的水汪汪，瘦弱的身材再披上純白的衛衣，顯得更弱不禁風。他話不多，也不善表達自己，總愛想太多，有時他所說的，我們都不明所以。

本來就有點脆弱的他，被各樣煩惱俗務困住太久了，似乎已經忘記如何展翅，只能一直為了在社會生存，一又一次地開屏……有一天，他幽幽的跟我說：「我會不會死的？」我猜他是想表達每天無限加班的失落情緒了。

儘管他在別人眼中，是弱者中的弱者，在我看來，氣質卻如此空靈。

為他寫一首詩，祝福。

《詩訣》

盡興不成詩，
意了方墨循。
循墨方了意，
詩成不興盡。

凡事不宜太盡，套用在詩作上也是這般。情感過於澎湃，寫出來的字眼容易太直白，欠缺詩意。畢竟詩歌就是要給人遐想的空間……

很多時侯，簡潔也在自我糾結的。如果不盡了解自己心中所念，又或者找不到些具體的邏輯出來，又如何寫出言之有物的詩詞呢？

這裡還是有些小技倆可以分享的。

情境相融。

先有情也可，先構想個境也罷。在下還是習慣先磨墨去。

墨柱一邊打圈，腦海一邊放空，就像當作是個冥想儀式，讓靈感隨著墨汁給延展出來吧……

然後，此刻千萬別去拿起筆來，因為一邊寫一邊想是寫詩的大忌，這樣不單會令字句不流暢，還會讓自己陷入思路的自我懷疑中！給自己半刻沉澱，直至情境融入成了，一切了然於心，再試著提筆也不遲喔！

《尋鶴》

勾月作清燈，
落鶴溪裡騰。
酎酒充玄鏡，
徘徊到三更。

逝去的感情，逝去的緣份，逝去的人……

只有我站在原地，明知那斷線的風箏，早已流轉在山澗之中，一切都正式是付諸東流，但我還是徘徊在這失落之處。

在漆黑的絕望中，一絲勾月成了我的寄望。及後我每晚都借著月光，試圖看到那不存在的光景。

縱使地球沒有停轉，太陽仍舊在東邊升起……
縱使那勾月，是在酒杯裡的倒映罷了……

第貳章【七言詩十九首】

《花骨》

千種花來萬種香，
無不自傲對天張。
墨客詩人題扇上，
未賦綠蘿攀高牆。

是的，這是一首罵人懟人的詩。

平常聚會，朋友堆中總夾雜一兩位不相熟的人，是朋友的朋友罷了。寒暄兩三句，完成了點到即指的交流後，原來還有人喜歡亮出自己的人脈，曲線地吹噓自己跟誰誰認識，那天又跟誰誰吃過飯……

我在一旁聽著覺得可笑，時代變了，結識成功人士都是一種成功嗎？

自古以來，攀附權貴之輩只會為人所輕視，現在卻有人自豪地宣揚自己的虛委，到底骨子裡要有多自卑才會這樣呢？

我認為我們每一個人，都當有其成功的領域，縱使程度及維度有所不同，還是應該自重，與其用別人的光在照耀自己，不如努力讓自己發光發亮吧。

《落棉》

木棉秋落自成帆，
赤子一心渡人關。
孤葉成舟淚成河，
回頭已晚歸亦難。

簡潔自小就有一個幻想。幻想自己前世是某某神仙座下的小仙子，因為意外或貪玩，不小心掉落在人間。這就像是秋天的木棉花，火紅的赤子之心，被秋風一吹掉到河裡，他乘在葉子上，心路歷程也走過千山萬水。驀然回首，已是幾十年的光景。童心沒了，只剩無盡的眼淚載著自己前行，也再沒有歸家之路了。我再看看自己水中的倒影，忽覺飽歷滄桑的心，已在面上留下了痕跡。

我老了。

《桂月》

八月採香木拽金，
桂枝點頭歡汝心。
輕紗席地艷顏笑，
只問花甜問如今。

農曆八月，是採桂花的月份，故又稱桂月。姑娘們會在樹下舖設輕紗，然後用力搖晃桂樹，使金黃色的花朵灑落……那種香氣四溢，青春浪漫的情境，可想而知。

少女們都享受著眼前的喜悅，有的將桂花入茶，有的拿來做糕點，有的製香囊。

至於桂花酒嘛……誰又會知，到她們出閣之時，這陳酒會是跟誰飲的呢？

不管了，且把握現在的愉悅吧姑娘們。

《孤狼》

子無所屬覓無家，
隻影孤身逐餘霞。
隨雁南歸身無翼，
納近人家圈以麻。

孤獨的我……曾經以為只要熬過年少輕狂，再熬過熱血青年的歲月，一切就會好。我以為自己的稜角終究會被社會磨圓，然後我就可以擺脫邊緣化的心境，但原來這是錯覺而已。

因為簡潔天生就有種異類情懷，也試過「披上人皮」，試圖蒙混在人海裡，追隨著大多數人所認同的，連說話的口吻都學上了他們。

可是這些徒然的改變，只令我更清楚孤狼的宿命。

記得少年時的簡潔，穿著校服出門，其實是躲到「麥先生餐廳」裡，拿著劉以鬯先生的《酒徒》讀了一星期，就是為了避開與我格格不入的校園，寧願神遊到意識流的文字世界……

如今，對於自己的古怪，反而樂在其中。只是為了口糧，孤狼學會了豎起尾巴，給套上個麻圈，湊合到人家裡去。說起來，狗也是由狼被馴化而來的吧？

《琴房》

香氣飄飄數寒暑，
仙音溯溯只是汝。
獨守城牆弗見天，
一天得見不得語。

記得當年我在一間琴行兼職，在這裡結識了一位畫班導師。

林老師，人看上去胖胖的呆呆的，性格純真到跟他的年齡不乎，神情總帶一絲靦腆。可是偏偏這種人，總能夠輕易地獲取我的注意。

事源在一次閒聊中得知，他有個暗戀了幾年的對象……

莊老師，金牌鋼琴導師，包攬了琴行八成的學生。她不但成就出眾，也很會打扮，而且她很香——大伙兒只要聞到香味，就知道「女王駕到」了。

只可惜，林老師的愛情，就跟他的畫室一樣，設在琴行的地牢位置，不見天日。每個週末，他只能在上落樓梯時跟她打個照面，又或者趁空堂時間，走上大堂休息，順便「不經意地」聽到她的琴音……

為了紀念林老師的少男情懷，我寫下了這首詩，也不知後來他有沒有鼓起勇氣，至少讓莊老師知道他姓什名誰吧？

《過年》

舉目無親逢佳節，
獨抱琵琶渡寒夜。
不期春意遲遲來，
且怕炊煙同鄰借。

人們都說人越大越孤獨，我想想自己，年少時就已經離家，獨立慣了，所以平日裡還沒感覺，也沒空閒去感慨。

可是每逢春節，只好躲在家中避年的我，又感到處處不是味兒……

碰巧那新冠疫情期間的新年，簡潔失業了。別人在那節期大魚大肉的，我卻在節衣縮食，感覺份外淒涼，索性穿著一件單衣，彈著琵琶，凍僵的指節讓曲不成曲。啊……我還是本能地將孤單貧寒發揮得更悲催。

想起媽媽的話：「錢怎麼不要緊了？借酒澆愁都得花錢的！」說得沒錯，有錢生活紮實了，才有面對孤獨的底氣。

所以，不是人越大越孤獨，當是人越大，越要有資格孤獨。難不成我要跑到家人去蹭飯吃嗎？

《問卜》

金錢起卦難看命，
木月作杯誰為證。
水盤觀象見無明，
火中焚咒達仙境？
土上扶乩擾威靈，
五行交替常無定。
陰坤萬寂欠心清，
陽乾多動耗內靖。

預知命運這回事，讓我寫下這首酷似讖文的詩。

腦海中飄過是廟街的場景，仿佛聽見銅錢在龜殼裡搖晃的聲音。

我的幻想再次與一些記憶片，在自行拼貼……

一位中年婦女在天后廟裡重重複複的拋擲聖杯，我肯定她當時正熱切的求問著些事。廟宇一旁站著幾個大姑，圍繞著一銅盤的水在交頭接耳，似乎參詳到什麼似的。此刻外面傳來一陣陣催淚煙霧，原來是身穿道袍的廟祝先生，他在燒符作法，口裡唸唸有詞，而他身邊一較年輕的小哥，正在閉眼扶乩，沙土上果然出現了外太空的文字！

當下所有人都在跟現實以外的存在溝通。

我在想，莫非他們跟我都有著一樣的精神？就是尋找逃離地球的出口。

《飄流》

花開花落花亦累，
乍寒乍暖一碗水。
願化壇前縷縷煙，
志在東西揚揚去。

感慨生活的無奈周而復始，誰個不是關關難過關關過……

我們似乎都處於循環之中，從不間斷，時鐘每日循環，生活的軌跡也在循環，過程真的只是過程，走來走去都看不見終點。為何我有限的生命，要花在這無限的循環之中呢……

我累了，此刻腦海中飄出歌詞：明明我已晝夜無間踏著面前路……感覺自己被困了，喜怒哀樂，世間的人情冷暖，其實一切不過是茶杯裡的風波。

到底如何超脫？怎樣才能從這死循環中走出來呢？

《花市》

雪映殘紅梅花開，
春分可見人桃在？
初芽落白枝如新，
年少相知難復再。

我相信每個人，每段人生都有過像嚴寒的冬天的階段。那些年的艱難，好像只有自己面對，也用不著跟人講起。所謂「各家自掃門前雪，哪管他人瓦上霜」。

人大了，習慣一聲不響的自己扛著所有，縱然有百般滋味，也只好自己受著……

嚴冬一過，又是一番新氣象，春天要來了。人們聚在一起，訴說新的願景和祝福，此刻的熱鬧和溫情，又顯得欲蓋彌彰……因為大家心裡明明知道：在我低潮時，你沒有來雪中送炭；在你意氣風發時，我也懶得錦上添花。

難道這就是成熟了？新年聚會，看見誰的兒子又長高了，聽說誰的女兒要升中學了，卻沒有人聽說，我早已不是年前的那人了……

《念故》

抬望山河千帆過，
花開既落終無果。
畫圖一瞥如故里，
江湖再見又蹉跎。

我終於明白，有些事情，確實可一不可再。

話說簡潔曾經很喜歡那份工作，還打算在那裡熬一輩子。

當然，有社會閱歷的人都想像到，入世未深的年輕人，光憑一腔熱血，衝動固執，在職場將會是怎收場吧？可是當年的我，果真是不到黃河心不死。

我不甘心敗給「惡勢力」高層，更不甘心這剛剛做滿一年的行業生涯止步於此。於是，我跑去為前東家的競爭對手效力……

同一個行業，同一個工種，我以為這新工作一樣會是我的舞台，畢竟我曾經是公司的年度新星。

可是，當我來到這兒，才發覺這是災難——有了前東家賦予的「光環」，反而為我帶來各樣的人事煩惱，新公司的工作文化完全不一樣，更令我感到後悔，只得每天透過一面玻璃窗，窺看著以前的同事們，懷念他們曾何等親切待我。

就這樣，明明可以頭也不回的，美其名都算是光榮引退，卻落得個虎落平陽呀……

教訓吸取了，光陰浪費了。

可一不可再的，是那份天真。

《賞軍》

紙墨難書乎奏樂，
絲竹寸斷薄長吟。
畫梅畫餅畫營帳，
軍馬無驛席難酣。

話說每逢年尾，又是各行各業的老闆們，犒賞三軍的時侯了。

故事發生在某一個冬至前，那年，簡潔在一家酒店裡打工，而我所屬的部門，是酒店外判出來部分。沒錯，這意味我們必須被通知續約，下年才不用加入失業的行列。

正當一眾資深的同事忙著打聽是否會續約之際，我們的主管忽然興高采烈的跑來，並告訴我們一個「天大」的喜訊——公司決定花錢去完善我們的制服，而且制服上還會繡上我們每個人的代稱……

當刻我聽得呆若木雞。

所以，我們是不是要先確定續約，再去高興那繡名的制服呢？還有，那年終的獎金，為何主管都沒有提起過？那時我還年輕，看見同事們誇張地叫好，我越發不明所以……

大家猜猜，我們最後有沒有與酒店續約呢？

《新人》

翁姑喜氣醉廳堂，
拙婦銀針上下忙。
織棉繡被哺牲芻，
貴女先登佔東床。

有些人，好比一個任勞任怨的媳婦，終日為了別人而努力，縱然自身條件沒多出眾，但總算盡足責任，做得無愧於心。

這是一首關於糟糠妻子的哀歌，也是首職場哀歌。話說有一位「媳婦」，替她的上司忙完一個又一個項目後，就在毫無先兆的一個午間，上司突然宣佈要提拔一位新人，推舉他當上主管的原因，正是他跟老闊的家族關係，還有漂亮的學歷。這新人甚至還未對公司對社會作出過貢獻，上司倒是巴不得把臉貼上去……

最後，那媳婦連自己「大房」的地位都保不住，還未反應過來，這新貴已直接進駐了她的辦公室。所有人看在眼裡，卻敢怒不敢言……

《心刻》

心對明月月披雲，
手撫頑琴琴似君。
莫恨黃沙指間溜，
只嘆淚汗染玄裙。

當天，無力與窒息的感覺，至今瀝瀝在目……

我不太願意再作注解的這首詩，巴不得將之長埋黃土，或是將之發射到另一個太陽系。

我不願再提起這段淚腺失腔的日子，不願再記得那遍體鱗傷的狼狽模樣，不願回顧的，更加是被說得一文不值後，仍然死心不息去求和的我……

不被當是一回事，還只可以自怨把自己糟蹋了，受糟蹋的是我碎得一地的自尊。那天總算明白了，愛是要輕輕拿捏的……可是，為何在我強抑悲傷的時間，手中的琵琶給我斷弦呢？

《梨園夢》

梨園妙曲周而復，
躍躍孩童絲與竹。
玄裙醉眼一角處，
湊得銀銅換口腹。

是不是每個人都有過這體驗？

最近在網上看到一段影片：兩個身穿歌德風裝扮的男人，走進遊樂場去，坐在歡樂的旋轉咖啡杯中，擺出個死神撲克面……

我會心微笑，想起在琴行裡兼職時的模樣。

那時的我雖沒有以上的前衛裝扮，但是向來對小孩無感，也對西方樂器沒有興趣的我，置身在這兒，不其然有種尷尬的感覺。

每天聽著此起彼落的小提琴聲，沒完沒了的鋼琴音樂，我只好努力地幻想。

幻想正身在傳統的戲班裡，眼前的學童都是梨園子弟。而我……就是負責掃地打雜，給老倌們斟茶遞水，在地上拾取零錢糊口的苦命窮詩人也！

《靜渡》

新月初登太虛門，
清風靜送汝緩緩。
不見銀暈逐燈影，
漁歌入夢落玉盤。

初一，沒有月光的晚上，身邊人早早的上床休息了，只得我在客廳，享受放空的時間。

平常又平靜的夜，心血來潮，想給自己一些氛圍感。於是就把燈熄了，燃起幾處燭光。我安靜的坐，生怕發出太多聲響，只聞著沙發的皮革氣味，聽著房間裡的他，那熟睡的鼻息……

望著窗外無月無雲，微風輕送，搖拽的燭光教我生出詩意來。幻想自己在飄蕩的漁船上，安安靜靜地守護熟睡的愛人，原來也十分幸福。

有時候，最平凡的時光，就像是新月一樣，她並非不存在，只是沒有折射到太陽的光線而已。沒有耀眼的銀白，甚至沒人留意到，然而她一直的守候著，我也是如此。

《谷深》

寂寂深山傳溪聲，
沉沉靜夜會星凝。
不問人家取暖飯，
但對孤燈借安寧。

有時候，人聲車聲太密集了，心聲卻聽不到了。簡潔喜歡獨處，靜靜的，是為了發現更悅耳的聲音。

不知有多久沒有抬頭看星星了。香港是個光污染嚴重的地方，沒有漆黑，又如何發現星光？沒有寧靜，又如何聽見自己的心跳？

這都是種選擇吧？我也曾經很喜歡欣賞維港夜景，只是現在更愛看星。我也曾羨慕著別人所擁有的好人緣，相識滿天下，只是，是簡潔孤僻也好，脾性古怪也罷，畢竟作者本來就是極度需要獨處的生物啊！

《吉兆》

喜子墜絲房中央，
報春夜來吵嚷嚷。
明明窗外結祥雲，
何以戚戚淚綿長。

我不確定也不願承認、女子單身久了，就變得迷信了。
尤其在寂寞的冬季。
尤其在臨近佳節之時。
看看星座運程，這星期有遇到邂逅的機會沒有？
再看看生肖流年，那紅鸞星到底動了沒有？

看著看著，單身的簡潔仍然單身至年三十……

記得這天，房間的中央忽然出現一隻小蜘蛛，吊著牠的絲線，緩緩的登陸在我面前。相傳因蜘蛛的外形，乍看像個「喜」字，故又名喜子，說是喜事的吉兆。

這很好，雖然我有點被這喜子嚇到，還是好好的把牠移駕到窗邊放生。這時驟然一看，天空很是晴朗，一朵朵旋狀的雲，棉密密的，我又不其然想起這也是吉兆，是如意雲也？

我也笑自己傻，明明還是孤家寡人，何來家有喜事呢？不會是諷刺我吧？

終於失眠到年初一的清晨，我在床上想起日間所看到的吉兆，再想想自己的處境，這時還不知從何而來了隻報春鳥，一直在窗外叫！我突然悲從中來，不得已流淚了……

《山妖娶親（二）》

山狸遠至身如弓，
子犬瑟縮草蔓中。
鴉噤樹靜猴猿散，
落洞花娘笑春風。
餓饜冰肌繪妝紅，
兩黛一鈿宛月容。
不見喜婆銅鏡後，
但聞身邊紙花童。

簡潔最拿手的功夫，不是古體詩或意識流新詩，而是將兩者結合一起，再加入詭異的元素，寫出令人心寒的作品。

這又是詩，又是故事，描述一個來自湘西苗族的風俗傳說——落洞花女。傳說當地山神會不時「娶」了妙齡少女為妻。被選中的少女，會從此神遊、斷食，不願跟人來往，還會整天只顧清潔和打扮自己，就像知道將要出嫁一樣，顯得春風滿面。族人見到自家女兒這樣，只好含淚為她穿好嫁衣，把她獨自留在閨房，由當地巫師擇個「良辰吉日」出嫁。

《山妖娶親（二）》

綠轎青燈已臨門，
癔念閨閣兒時歡。
靈巫稽首莫敢看，
山狐作揖挽衣冠。
一步驚來二步慢，
再聞嗩吶氣浮緩。
乍似姑娘尋夢去，
黃柳攙扶會山倌。

新娘驀然想起，她的兒時玩伴呢？一眾閨中密友們呢？怎麼都不見她們來送嫁？

想著想著，迎親隊伍已經到來了！

說是山神／山妖娶老婆，當然少不了山中的靈狐使者，連族中的大德巫師見了，都恭敬地低頭俯首，生怕得罪了。使者上前挽著新娘子的嫁衣，領其邁出房門。

新娘此刻驟覺緊張，心慌慌的，開始有點猶疑。可是已經晚了，嗩吶一響，又是大喜，又是大悲！

虛弱而受驚的她已失去意識，由黃仙（黃鼠狼仙）跟柳仙（蛇仙）扶著上轎，還說是姑娘歡喜壞了，當馬上抬到山洞去見她的新郎倌……

關於新詩

我第一次接觸的新詩，是一篇翻譯文學。那時我想不明白，認為詩歌最起碼要講求押韻吧！

原來，新詩還有一個令人滿意的別號——自由體詩。

到現在，我非但十分欣賞這賦予自由的詩體，更加喜愛將意識流的手法加入自己的作品中——將情和境分割成或荒誕，或飄忽的畫面，再零零碎碎地嵌貼在一起。

這使我為之瘋狂。

我可以任意地切走邏輯性，拼貼出我所要呈現的畫面，如此一來，詩意就能肆意疾走。

第三章【新詩十首】

《老香港的酒吧街》

星光點點墜落，
人間誰發明了燈？
昏暗的石階，
騷首出没的流鶯，
紅唇吐出白煙，
吹送紙幣翻騰。
水手的刺青，
思鄉的服務生。
滿地紙牌狂歡，
巷子裡的販子在等……
滿地紙牌狂歡，
巷子裡的販子在等……

《塔羅・逆》

愚者不再闖盪，
與魔術師一同捱餓，
咒罵女祭司的遺禍。
女帝被幽禁，
帝王之道的落陷，
是祭司從中作梗，
他們原是戀人。
戰車輾過人民，
鮮血力量吞噬了黃昏。
林中的隱士變成野獸，
在命運之輪中疾走。

《原來這叫行人過路鏈》

討厭的這東西，
老是一句「請等候」。
勸籲式的調子，
說的倒容易。
明明一步即就的地方，
為何一等再等？
承受不了的漫不經心，
馬路上，
冷不防的寒流……
明明車聲漸遠，
固執的你啊……

偏要等到綠燈。
管得著行人嗎？

《愛花的詩》

我不比桂花香，
不用你鼻尖來就；
我又不如山茶，
要你耐心守候。

我想學像牡丹，
在你的畫中長留；
我還想似薄荷，
伴在你的枕頭。

你好比雞冠花，

人家說一枝獨秀；
你又像含羞草，
經不起些忽悠。

你勝過那玫瑰，
從未傷過我指頭；
你待我如海棠，
謹慎、呵護、溫柔。

《420號電影院》

暗房裡只我一人，
閉眼……
沉醉於堅定的散漫，
垂墜的飄然，
隨和的偏執。

色彩斑爛的蝴蝶，
在銀河中冥想。
青蛙們在星雲間，
高歌愛爾蘭舞曲。
月球跟我對望……

我揹著沙發，
棒著甜美的果汁，
滑到熱帶雨林去，
炭色的孔雀，
倒掛在藤蔓上迴盪。

女郎們向我招手，
黃金和煙霧像蛇，
纏著我拉進水中。
七彩的寶石，
我要全部吃下去。

暗房裡只我一人，

閉眼……

沉醉於堅定的散漫，

垂墜的飄然，

隨和的偏執。

《阿修羅舞曲》

腰肢在樹邊扭動，
腥甜的汗水預告，
沉淪鬥爭的結局，
泥巴裡長出鐮刀。

空氣隨戰鼓起伏，
揮舞信使的頭顱，
獻上嫉妒的舞曲，
是阿修羅的風度……

烙印封住了瞳孔，

靈魂再沒有出路，
耳朵爬出毒蜈蚣，
執念變成了嚮導。

狂暴使雙腳躁動，
詛咒聲淹沒舞步，
她那長刺的抹胸，
纏著眾生的瞋怒。

《豬籠草／鬼夢池》

嬌艷欲滴的唇
往外翻開……
甜膩的氣息，
蜂蝶不請自來。

即管需索吧！
我的紗帕為你牽開，
撩撥在我胸前吧！
這沒有該不該。

滑過我的腰，

怕你再爬不上來……

落在我肚子裡，

讓我慢慢消化你的愛。

真的別想多了，真的……

這詩在描寫豬籠草，也是出自簡潔在網上發表過的短篇小說——《鬼夢池》。

《病患》

把門上鎖，
只剩違久的罪過，
無視家庭的呼喊：
明明不用這麼！

甜膩的罪惡，
你在拷問我麼？
昏沉的肉體，
你也要背叛我麼？

拆開絲滑的偽裝，

慾念在眼前赤裸。
此刻手心突然出汗，
在床邊劃過……

閂掉了良心的開關，
別告訴我不可！
我今天一定要！
……
……
嚐到這盒糖果！

再次煩請各位，收起你們一而再的奇怪幻想，這是首關於糖尿病患者的詩。

《隨心告解之我討厭愛情》

所謂的愛情，
就是將美麗的感覺，
用現實一下一下地踏碎，
直至人生不見天日。
害怕寂寞是原罪嗎？
愛上一個人，
當幸福變得遙遙無期，
懷抱變成牢獄，
我才驚覺，
我是個慣犯。

我正在向你告解……

愛情，
是套在驢子跟前，
甜美的苜子，
教牠竭力推著磨，
而牠不知道，
石磨裡，
被無限次輾碎的……
叫做幸福。

《最後的禱文》

毛茸茸的小天使，
變成冰冷的石像，
砸碎週日的幻想，
榮耀國度在天上……

我們在天上的父！
未免神聖得誇張，
若祢旨意行在地上，
為何我們會這樣？

誰在乎祢賜飲食？

她已不會再著涼，
溫柔乖巧的模樣，
永遠都選擇原諒。

她赦免了祢的債，
我卻改變了信仰，
燃起邪惡的線香，
查找地獄的方向！

貓奴之詩簡介

狸者，貓也。

古人養貓，多作捕鼠之用，被視為小家丁一般，故又稱「狸奴」。

可是時代變了，當今再沒狸奴，養貓人都樂於自稱為「貓奴」。

第肆章【貓奴之詩五首】

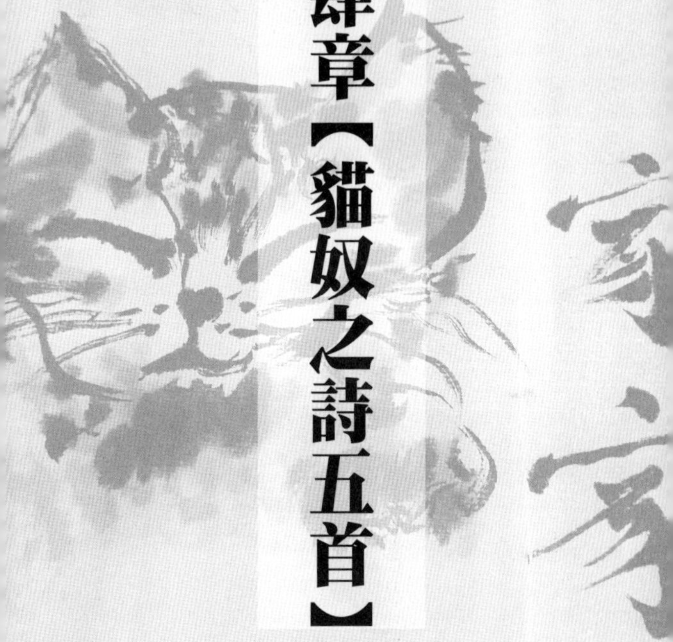

《居狸》

安之以劣室，
榻之以華緻。
娘無魚髓食，
飼其以鳳雉。

記得老人家常說：畜牲當賤養。那大概是一種迷信，其意思就是說，養小動物，不應該太嬌貴地養著，怕是牠們沒這麼大的福報，對待得太珍視，反而會短命，養不大的。

可是，現在的貓奴們，無論本身貧窮富貴，一樣把貓咪養得可嬌可貴！因為牠們就是用來疼錫的！

想當年簡潔也曾是個家徒四壁的劏房戶，還不是把三面牆都弄成了貓爬架樂園？哪怕自己窮得吃即食麵度日，家中的貓糧、貓零食、營養保健品還是一樣都沒有少買。

這是一名貓媽的自豪喔！

《狸奴之口》

跕跕無聲兮，
嚶嚶索食兮。
曼曼而騷至，
施施然盤晰。

這是每一個養貓人都經歷過的事情……不論是一桌美食，抑或只是你手上僅餘的口糧，都難以躲開牠們的小饞嘴。你以為消了塑膠袋的聲音，牠們就察覺不到？你以為改掉飯前洗手的習慣，死盯住食物就可以倖免於難？然而，這群小妖精總有方法徐徐圖之——要麼使出忍者般的身手，要麼裝出一副楚楚可憐的神情，要　就是靠著妙曼的姿態走來，讓你捨不得拒絕……

總之就是無所不用其極，得手後還要施然然舔舔小手，剩下一乾二淨的碟和肚空空的你。

《抱狸》

懷中兩子抱一團，
玉面茸毛靨圓圓。
迷離錦上夜明珠，
深冬不願作詩聯。

冬季，到底是人懶了，還是作為貓奴的我們，太貪戀貓咪的「美色」，所以整天賴在床上不出門？

這也不能怪我們吧？圓潤的小肉臉，毛茸茸的身軀，還有那雙像寶石般明亮的大眼睛……

投降了吧，人類！

有什麼比抱住一隻貓躲在被窩更寫意？

答案是：兩隻。

寫作的事還是留明天吧，不急的……

《念狸奴手》

娘兒白玉手，
巧撓衣成斗。
細麻予以修，
銅磨不來就。

現今是出生率較低的時代，人們大都把自己的寵物當成親生孩子般看待，只差在未供書教學而已。

儘管說是視如己出，總有些侯時候，這羣毛屁孩會把我氣個哭笑不得……

他們有著最可愛的臉，最賤的小手。明明我已經努力藏好的衣物，還是常常被挖出來重新設計——絲巾變成斗笠，長裙變了草裙。

唉，正所謂「養不教，母之過」，貓媽我又能拿他們怎樣呢？想給他們修剪一下指甲，還擔心他們極力抵抗，最終流血受傷的還是我……只好拿個軟磨，把那十八把利刃逐一磨鈍就好。

不知古代人是如何整治這幫小賤手的呢？

《妝台之狸》

妝台對鏡列銀簪，
玉墜珠鈿步搖單。
左右孤零不見怪，
狸奴台下偷玩貪。

頑皮的小毛孩！

今天早上，我又發現一隻可憐的珍珠耳環，「倒卧」在浴室的門口，涉案人士不顧而去，而另一隻耳環則原好的在梳妝枱上。

我以質問的眼神瞪向枱下的牠，誰知牠還一臉若無其事，毫無悔意的模樣，瞇眼扭過臉去！

這已經是第五對被拆散的耳環了，還有些「人間蒸發」的銀戒指呀項鏈呀髮夾……

罷了，只能怪我沒有收好，任其暴露在貓眼之下，我唯有等著年廿八再找找看。

第伍章【簡潔的戀愛觀】

《罐頭戀愛觀》

我有一個怪習慣……就是喜歡儲存罐頭。
假如愛情，都能制成罐頭。
那麼……
我就可以把我對你的愛，一一藏在罐子裡。
這是「少女心爆發」罐頭。
而那個是「想替你生孩子」罐頭。
還有「暴雨般的眼淚」罐頭。

還有……「還是很是愛你」罐頭。

雖然，在冷冰冰的鋁箔外面，你我感受不到半點味道，也看不見裡面的底蘊，只有銀色的金屬面，反映著疑惑的臉。

堅硬的表面，掩飾著五味陳雜。

你能想像，這種連表達都不可以的愛嗎？

沒錯，你就只配面對沒溫度的我，因為這樣，我才能繼續愛你，而且可以愛很久很久。

男人總愛嚐鮮，女人能做的，莫非只有不停保鮮嗎？

男人，你太天真了。

當我執意愛你，就是貼上「別碰我」標籤，這「我愛你我要你」的
內涵，還不需要經過你品嚐，你就這 相信產品說明嗎？
當然，我是決不會讓你如願的，我的愛由我來儲存，即使這滋味連
我也碰不了……
至少，這是我隱約能夠回味的……

《太空戀愛觀》

願把你送上太空去。

缺氧的愛情，本來就不屬於地球，現在我們算是劫數後的生還者了。

你能理解嗎？恐怕你不能。

危害地球的東西，要不被人道銷毀，要不被拋出大氣層之外。只是他們卻沒想到，在那最寒冷的空間，你還是偷偷地存在……

匿名的愛情，匿名的對象，這是多艱鉅。然而，漆黑才是流星的歸宿，也就是他存在的意義。

我真的很願意跟著這愛情一同飄往黑洞去，無非是要把握住最後，
只是最後竟然出現了然後，然後我鬆手了……

別怕，這並不是什麼都沒有的太空，看著星雲一朵朵，像是宇宙給
我們愛情的送輓。而他們自己，也可以是一段段的「善終」，你並不會
孤獨的。

別了，或許有一天，銀河中會出現一名拾荒者，不斷尋找那被驅逐
的愛情……

那就是我。

《珠寶戀愛觀》

「妳很多稜角，妳知道嗎？」

那麼……磨走它吧。真想知道你期待的是什麼。

藍寶石的堅貞，紅寶石的熱情，翡翠的高雅，還是鑽石的華麗？

明明寶石比戒指托貴重，我為何還願意被磨成既定的形狀呢？

那是黃金造的牢籠呀，這樣才能貼著你的手過活，為了贏取你的眼光。一次一次的磨洗，你知道這是什麼樣的過程嗎？

相信你是知道的，只是忘了告訴你，我是瑪瑙。我沒有鑽石般的堅硬，沒有翡翠的柔韌，也沒需要你用上黃金……我比較容易心碎，或許這樣才是你的原意吧。

折磨我吧，直至保護我的外皮消失，直至眼淚再為我拋光，直至我能嵌在你的懷裡……直至你真正感到自豪。

那還是我原來的樣子嗎？不重要了，反正這就是配得上你的模樣。

《修行戀愛觀》

赤足踏上，這嶙峋的山路……

不能說一句妄語，心裡的抱怨還懼怕被神明聽見。

疲乏跟懷疑佔據了整個身軀，我只能垂頭聽著烏鴉的譏笑，暗示著這場修煉注定枉然。

腳上的傷，步步親吻著尖石。在這刻，痛彷彿就是我唯一的回報，血跡都在見證著我的信仰——愛你。

能喝一瓶酒嗎？可以，因為這是修行的一部份，看看能不能在酒精的考驗下，仍保持安靜柔順。

慢慢地習以為常，每個孤冷的夜，看著月光又圓又缺多少次，我捲縮在被窩裡咬著唇，生怕喊出一聲以後，就再沒辦法將孤單收拾了。

只能哭，哭過又來日出時份，太陽依舊，不痛不癢，就如你的心

……

《白巧克力戀愛觀》

這是天下間最離譜而又合法的商業詐騙。

白巧克力。

巧克力，是以可可配方而成的「大眾情人」。

所以可可是最關鍵的成份，只得一點點可可脂的，又算是巧克力嗎？可以當情人嗎？儘管這麼吸引的甜度，氣味也如此溫柔，甚至配以令人著迷的包裝——通常配以粉紅色的元素。這不是欺哄小女孩的技倆？

這麼說來，這還是一樁「感情騙案」，然而誰也不好埋怨他，誰教你心甘情願，只是他不配做情人罷了。

欠缺著實的愛意，只是一場甜蜜而失落的誤會……

我甚至懷疑，這從頭到尾，都是我的錯。

為什麼光只欣賞討喜的盒子，卻對產品標籤視而不見？

為什麼拆開以後，明明只看見迷茫的奶白，卻寧願將錯就錯，這所謂的「情人」真的能入口嗎？

我看得透卻不甘心……默默吃下了最後一顆，細味滿腔的砰然心動，還有後悔的微酸。

再一次，白巧克力不算巧克力，願者上釣的騙局，裡頭卻有真正的騙子。

《輪迴戀愛觀》

我沒有很愛你。

真的，只是一份執念引導著我，生生世世都要回來找你。那甚至由不得我作主，沒經過我同意，也沒先知會你一聲。

如果我們都只是宿怨業力的傀儡，我絕對願意原諒你，也原諒你不原諒我，這樣還不夠嗎？

那麼以後，走到你跟前的，就不用是我了。任由其他平行時空裡的簡潔，代替我走完這個無限之環吧，就像我每晚的夢境，一醒來再與我無關。

我累了……

求求你，如果你有辦法的話……這場連男女之情都能輾壓掉的輪迴，

難道我只能接受嗎？

算吧！我獨自承受，總比兩個人一起精神錯亂好，巴不得你一點都

不知情！

畢竟我沒有很愛你……

書　　　名 | 出本詩集
作　　　者 | 簡潔
出　　　版 | 超媒體出版有限公司
地　　　址 | 荃灣柴灣角街 34-36 號萬達來工業中心 21 樓 2 室
出版計劃查詢 | (852)3596 4296
電　　　郵 | info@easy-publish.org
網　　　址 | http://www.easy-publish.org
香港總經銷 | 聯合新零售 (香港) 有限公司
出版日期 | 2024 年 2 月
圖書分類 | 流行讀物
國際書號 | 978-988-8839-67-4
定　　　價 | HK$88

Printed and Published in Hong Kong